짠한 요즘

마음이짠해
홀로짠한날

KB019939

리스컴

잠시 동안 불을 켜지 않았다
어제의 자취가 그대로인 방 안에서.

벗어던진 양말이 돌돌 말려 있고
뚜껑 잃은 볼펜은 잉크가 말랐다

먼지 쌓인 달력은 여름에 멈췄고
영수증 조각 몇 개가 구겨져 있다

제자리를 찾지 못한 채 전시된
방 안 풍경을 마주한다는 것

바람 빠진 풍선처럼
덩그러니 혼자라는 마음 한켠

정신없는 하루를 살았는데
일상은 멈춘 공허한 마음 한켠

제대로 돌아가고 있는 건지
말 못 할 속사정 같은 마음 한켠

문득 마음 한켠 때문에
혼자 술잔을 채우며 짠한 날

나와 당신,
짠한 요즘

Contents

Prologue

둘   당신과 나, 그 공간

셋   그거면 됐지, 뭐

하나

마음이 짠해 홀로 짠한 날

이 맛없는 걸 왜 마시나 했는데
사는 게 퍽퍽하니 이 맛에 산다

소주는
거들 뿐

하나 마음이 짠해 홀로 짠한 날

하나 마음이 짠해 홀로 짠한 날

먼지처럼 가볍든
바위처럼 무겁든
누구나 자신만의
짊어진 무게가 있다

이야기를 나누며
털어내는 사람도 있고
씁쓸한 속앓이를
기어코 하는 이도 있다

그래서
걱정 없이 산다
생각 없이 뱉으면
그 사람 더 크게
다칠지 모른다

하나 마음이 짠해 홀로 짠한 날

삶의 무게

버틴다는 말
그 무거움을
실감할 때

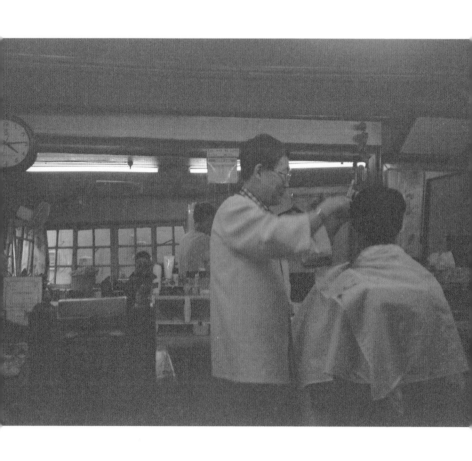

하나 마음이 짠해 홀로 짠한 날

그냥 그러려니
살다 보면
우스운 사람이
되기 쉽다

우스운 사람이
되면
세상이 참
우습지가 않다

그러려니

하나　마음이 짠해 홀로 짠한 날

하나   마음이 짠해 홀로 짠한 날

노력해서
된다는 말이
희망고문일
때가 있다

나로서는
최선을 다했는데
최선이란 말이
무색해질 때

그렇게 몇 번
넘어지면
혼자 깨닫는다

생각대로
되는 건 없다는 것
생각 없이

그냥 하는 것뿐

하나 　마음이 짠해 홀로 짠한 날

희망사용설명서

생각대로 되는 건 없으니까
생각보다 큰 기대 안 하는 것

피터팬은
후크와 손을 잡아
크게 한탕 하려 사업 추진 중이고
인어공주는
얼굴 없는 가수로
1집 데뷔를 준비 중이야

백설공주는
돈 많은 난쟁이 3과
그냥 착한 난쟁이 5를 두고 고민 중이지
피노키오는
스타킹에 출연해 일약 스타가 되었고
지금은 거짓말에 죄책감 따윈 없어

작은 가발공장을 인수해
돈방석에 눌러앉은 라푼젤
재기에 성공하지 못해
얼굴이 노래지도록 술통에 빠진 슈렉

과다 복부비만으로
램프에 들어갈 수 없는 지니
3년 전 집 나간 미녀를
기다리는 야수
법정 공방으로 번진
유리 구두의 진짜 주인

하나 마음이 짠해 홀로 짠한 날

떠도는 것에 맛 들린
어린왕자는 거듭 혼잣말을 웅얼거려
나를 길들여달라고

피터팬조차 지금 시대엔
소주 한 잔에 담배 태우며
한숨 쉴 테지
그러니까

너무 앓지 마

다신안마신다던소주가

오후다섯시면생각이나

하나 마음이 짠해 홀로 짠한 날

말이 많아지면
변명이 생기고
글이 길어지면
수식어만 늘뿐

담백하게

그게
뭐든

지우려 애쓰면
더욱 선명히 생각나

하나   마음이 짠해 홀로 짠한 날

'나중에 하지 뭐'

변명을 뱉으며
후에로 미룬다

그러다 수북이
먼지 쌓인 후회가 남아

후에로 미뤄둔 것들이
후회로 남아버린 지금

돌아갈 수 없으니 미련이고
돌이킬 수 없으니 후회인 것

이미 엎질러진 물

돌아갈 수
돌이킬 수

온탕에 들어가면서
시원하다 말하는 것처럼
와닿지 않던 말

시간 참 빠르다는 말을
입버릇처럼 하는 날이
오고야 말았다

하나   마음이 짠해 홀로 짠한 날

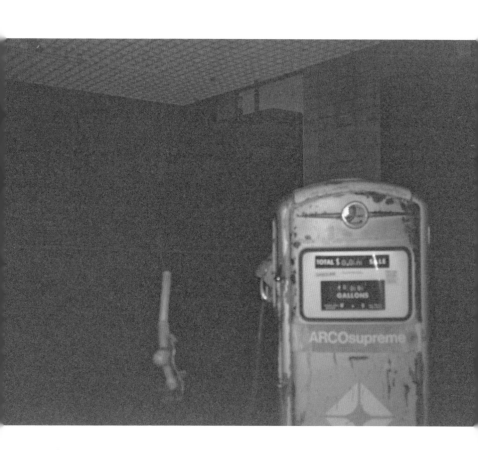

하나 마음이 짠해 홀로 짠한 날

13

주름진 얼굴을 뭣 하러 찍냐고
제주도에 이쁜 게 얼마나 많은데

비가 오니 차로 모시겠단 말엔
소쿠리가 비린내 나서 안 된다
비 맞지 말고 얼른 들어가라고

파도에 패인 주름과,
바람에 물든 짠내는
육십 평생 부끄럼 없이
채운 삶의 흔적일 뿐인데도

한사코 몇 마디 나누는 것조차
보잘것없는 인생이다 낮춘 당신.

요즘 그 말이 자꾸 머문다.
주름과 비린내

보잘것없는 것에 대해

둘

당신과 나, 그 공간

고민을 털어놓을 때
거창한 해결 방법보다
그저 진심으로 끄덕여주는 사람
잊지 않고 내 말을 기억하는
그런 사람

마음 한켠 공감이라는
빈 공간이 있는 사람

마음에도
문이 있다

누군가는
미시오

누군가는
당기시오

누군가는
애초에
잠겨 있는
그런 문

서로가
어떤 종류의
문인지

알아가는
시간이
필요하다

천천히
급하지 않게

둘 당신과 나, 그 공간

딱
보면
척

좋을 때 짓는 표정과
싫을 때 쓰는 말투를
뻔히 알고 있는 사이

새로운 사람 알게 되는 것보다

새로운 너를 발견하는 게 좋다

PANTONE 58-8 C   PANTONE 54-9 C   PANTONE 77-8 C   PANTONE 50-6 C

PANTONE 91-9 C   PANTONE 116-5 C   PANTONE 92-9 C   PANTONE 118-8 C

PANTONE 88-7 C   PANTONE 58-7 C   PANTONE 55-1

57 C   TONE 66-4 C   PANTONE 54-4 C

E 65-5 C   PANTONE 61-8 C

행여나 상처 될까
입을 닫은 건데
행여나 섭섭할까
몇 마디 한 것인데

말하지 않으면
오해가 생기고
말 많이 하다가
오해가 생긴다

둘 당신과 나, 그 공간

솔직해진다는게
항상옳지는않다

때로는숨겨야만
부서지지않거든

바빠서
연락을
못 했어
그 말처럼
무심한
핑계도 없다

바쁜 와중에
잠시 나는
공백 사이

그냥
당신이
떠오르지
않았을 뿐

그게 다다

바빴어

둘 당신과 나, 그 공간

신경 쓸 일이 많아
신경 못 쓴 것 같아

곱씹으면
섭섭한 말

둘　당신과 나, 그 공간

처음엔 매우 큰 고마움도
익숙해지면 당연해지고
당연한 것이 익숙해져서
작은 빈틈에 섭섭해 한다

둘 당신과 나, 그 공간

마음을닫으니
미움이피더라

농담도
상대가
받아줄 때
같이 웃을 수
있는 거지

웃기지가
않는데
웃자고
한 소리래

속 좁은 사람
만드는 건
배려가
없는 거야

웃음이 안 나는데
웃자고 한 소리래

하고 싶은 말
꾸욱 참을 때
뱉는 말

그냥

둘 당신과 나, 그 공간

사람에 지칠 때
자꾸만 찾게 돼

혼술
혼밥

셋

그거면 됐지, 뭐

셋 그거면 됐지, 뭐

커서 뭐가
되고 싶니

꼬리표처럼
따라다녔던
질문에

아직도
딱히
대답할 거리가
없다

이미
다 컸는데

난 뭐가
되고 싶은
걸까

만화를 유별나게
잘 그렸던 친구 한 놈
음악을 유별나게
사랑했던 친구 한 놈
볶음밥을 유별나게
잘 만들던 친구 한 놈

한 놈은 펜 대신
수화기로 보험 가입 권유하는
설계사가 되었고
한 놈은 무대를
가슴에 묻고
건설사의 인사담당이 되었다

셋   그거면 됐지, 뭐

그리고
다른 한 친구 놈은
먹고사는 게 문제라며
잔소리를 달달 볶아
안주 삼는다

그때 만약
만화가며 음악가며 요리사를
꿈꿨으면 어땠을까
잠깐 망상에
젖어든다

셋 그거면 됐지, 뭐

셋 그거면 됐지, 뭐

하고 싶은 걸 망설이는 이유는
실패를 감당할 자신이 없어서

주저앉아 버릴까 봐

셋 그거면 됐지, 뭐

말 못 한
속사정

현실적인 삶을 택한 친구는
부푼 꿈 좇는 친구가 부럽고
헛된 꿈이 될까 두려운 친구는
안정된 삶의 친구가 부럽다

간절히 하고픈 걸 했어도
늦은 나이가 아니었던 걸
그땐 몰랐고 지금은 안다

괜한 짓
나이 탓

셋　그거면 됐지, 뭐

먼 훗날 어른이 되면
뭐든 다 할 수 있을 것 같은
괜한 설렘과 기대에 부풀었다

그렇게 시간이 흘러
어설픈 어른이 되고 나니
뭐든 다시 부딪치며
시작할 수 있는 유년이 그립다

미련과 아쉬움만
채우며 달려온 것처럼

셋 그거면 됐지, 뭐

덩그러니 외롭고
무미건조 똑같고
설렘 가득보다는
오늘 뭐 먹을지가
중요해지는구나

나이 먹어
간다는 것

바쁘게 사는 걸
잘 사는 걸로
착각할 때가 있지 뭐야.

쉼이 어색하니,
일단 무작정 뛰는
것처럼 말이야.

숨 고르기,
그리고 잘 바쁘기.

친구가
늦깎이 워홀을
떠났다

떠나는
이유를 묻자
영어공부를
하고 싶어서라네

그냥 사는 거지 뭐
나이 먹고 주책이냐
볼멘소리를
했지만

거창한 이유가
아니라
더 부럽고
멋졌다

그냥
하고 싶어서

거창하고 화려할 필요 없다
그냥 하고 싶은 거면 됐지 뭐

셋 그거면 됐지, 뭐

남이 보는
나를 신경 쓰며

나의 행복 또한

남의 시선에서
찾으려 한 건 아닌지

셋 그거면 됐지, 뭐

좋아하는 일을
잘할 순 없을지 몰라도
뜨겁게 사랑할 순 있다

잘한다면
더할 나위

비집고 탄
전철에서

어머니 한 분이

간신히 두드리는
문자 한 통

흔한 이모티콘조차
없고

오타투성이지만

긴말이 필요 없는
그 마음

바람ㅇ 차네
따뜨히 입어

나만행복하면된거라여겼는데

이젠내주변이행복하면좋겠다

하고 싶은 건
하면서 살아

어차피 늙으면
후회해
모든 게 아쉽고
시간은 덧없어

어른의 말씀이
고맙다

어머니는
꽃 피는 봄이 되면
병아리 장사를 했고

졸업식이나 어버이날에는
꽃다발을 만들러
분주히 꽃 시장에 갔다

가을 소풍 시즌에는
장난감 꾸러미를 챙겨
소풍 장소를 찾아 나섰고

평소엔
시장 한 귀퉁이에
자리를 잡아
고무장갑, 꽃씨,
손톱깎이 등등을
돗자리에 깔아놓고

몇 푼을 벌기 위해
반복되는 매일을 보냈다

아버지는
일용직 노가다에
정강이는 상처투성이였고
손바닥은 굳은살로
거칠게 까져 있었다

해가 뜨기도 전에
일터를 찾아
늦은 밤이 돼서야 돌아와
바람 서린 잠바를 벗고
치열한 매일을 위해
잠자리에 들었다

빛바랜 앨범을
들춰보면 어머니와
아버지도 꽤나 멋쟁이셨는데

그런 청춘은
애초에 없었던 것처럼
그렇게 사신다
지지리 가난했고
지금도 녹록지 않은
형편이지만

추호도 흙수저라
원망하기 싫다

부모의 지난 삶이
진짜 별 볼 일 없어지니까

한 줌 흙처럼

엄마 아빠가 인생 쏟아붓고
흙에서 꽃 피운 게 당신이다

가끔은 용기를 주는
말보다는
'포기해도 괜찮아'라고
끌어안고 다독여줘

자꾸 힘내라고 하니까
'하기 싫다'라는 그 말이
죄짓는 것처럼 힘들어

'하면 된다'는 말보다
'안 해도 괜찮아'라는
그 말이 더 힘이 될 때

'포기해도 괜찮아'

셋 그거면 됐지, 뭐

벽면 가득
당신의 이력과 발자취가
채워지지 않아도 괜찮다.

누가 알아주지 않아도
누가 인정하며 박수 치지 않아도,
빈칸투성이 채울 내용이 없더라도,

성실하게 행복을 좇고,
설레게 꿈을 키우고
바지런히 오늘을 채우는 당신.

그거면 됐지 뭐.

Epilogue

기차를 타는데
역무원이 물었다
목적지가 어디냐고

그래서 말했다
하카타까지 가는데
중간에 몇 번 내릴지
모른다고

창밖 풍경
느낌 오면
훌쩍 내렸던 하루

여행 준비를 도와준
치미라는 친구가 내게 물었다.

"너는 우리에게
어떤 기억으로 남을까?"

여행이라는 게 오롯이
내 추억거리를 만들기 위함으로
생각했던 터라 망설이며
답을 못하고 있을 때
다시 그가 말했다

"만나는 사람과
좋은 추억을 남겨
그럼 다들
해피할 테니까"

BHUTAN

유일하게 신호등이 없는 나라
공장 같은 오염시설이 없는 나라

어딜 가든 금연 표지판에 애를 먹었고,
나물 반찬뿐이라 끼니도 대충 때웠다

국민 전체가 행복하길 바란다는
말과는 달리 국민들의 행색이
풍족과는 거리가 멀었다

그럼에도 이들이 행복한 삶을
살고 있다는 건
여행 마지막 날 만난
한 아저씨의 대답에서 찾을 수 있었다

"내게 있어 행복은
세 가지를 지키는 겁니다

신께 기도하며 묻는 하루,
가족과 함께하는 저녁식사,
자연에 이로움이 되는 삶"

BHUTAN

환전소를 가거나,
근처 슈퍼를 가거나,
혹은 맛집에서조차

줄을 서 기다리는 건
대부분 관광객들뿐
현지인에게 줄 서기 따윈 없다

벤치에서 볕을 즐기거나
친구들과 수다를 떨거나
둘 중 하나

기다림에 합류할 사람은
'울티모"만 외치면 된다
'울티모'란
"마지막 사람이 누구예요?"

"저기 벤치에 앉아 있는 애가
울티모야"

번호표도 필요 없고
줄 설 이유도 없다
울티모만 찾으면 되니까

퍽퍽한 세상에
꽤나 낭만적인 문화

서로를 기억해주기

해가 쨍쨍한 오후 한낮
골목 허름한 식당 한켠

땀을 삘삘 흘리는 백발의 할아버지가
빵빵해진 볼로 색소폰 연주를
하고 있을 때

옆 테이블 아줌마가 스윽 일어나
함께 온 남자와 씰룩씰룩
춤을 추기 시작했다

사람들은 박수를 쳤고
곧이어 식당은 춤판이 됐다

별 볼 일 없는 일상에서의 유쾌함
맥주를 갖다 준 웨이터도 덧붙인다

"일단 춰, 더 맛있어"

CUBA

과거로 돌아간다면
언제로 가고 싶냐

친구의 물음에
잠시 망설이다

돌아가고 싶지 않다
말했다

어차피 돌아가도
비슷할 거 같아서

똑같은 실수를
반복하고

똑같은 결정에
땅을 치고

똑같은 고집을
부리며

지금과 비슷할 것   미련이야 있지만
같다고   그게 후회라면

너무
짠해서

그래도
열심히 살았잖냐
우리

유익한 정보와 다양한 이벤트가 있는
리스컴 블로그로 놀러 오세요!

홈페이지 www.leescom.com
블로그 blog.naver.com/leescomm
인스타그램 instagram.com/leescom

짠한 요즘

글_사진	우근철
편집	안혜진 이희진
디자인	이연휘 김아미 최수희
마케팅	김종선 이진목
경영관리	남옥규
출력_인쇄	금강인쇄 ㈜
초판 1쇄	2019년 2월 1일
초판 3쇄	2019년 3월 20일
펴낸이	이진희
펴낸곳	㈜ 리스컴
주소	서울시 강남구 광평로295, 사이룩스 서관 1302호
전화번호	대표번호 02-540-5192
	영업부 02-544-5193
	편집부 02-544-5922, 5933, 5944
FAX	02-540-5194
등록번호	제2-3348

ISBN   979-11-5616-157-8 03810

책값은 뒤표지에 있습니다.